面对

火丁 ◎ 著

长江出版传媒

长江文艺出版社

目　录

第一辑

第二辑

第三辑

4

第四辑

6

第一辑

城市意象

小巷子
烤馕的香气冲撞行人的背影
穿行街头的的士戛然而止

黄昏燃烧着纷乱的歌
阳光模糊
楼群淹没寂寞的眼睛

这是大城市
陌生人在站牌前惘然回顾
天桥是一幅倾斜的风景

晚　秋

就像是一场战争的结束
原野最终被俘获而去
那些战死的芳草和秋树
在空寂的野地里安息
逃散的候鸟在天空里哀鸣
最后一辆马车
运走了秋天的尸体

此时大地异常清晰
沉默的石头在原野裸露
远处的峰峦更加巍然
那些平静的山坡上
牛群一如既往，咀嚼和凝望
鸟的叫声渐渐消失
穿过时间的老人
淡淡地想了想冬天

一个人

一个人，住在自己的房子
时间如期拜访
八开的报纸讲述纷扰的世界
我详细阅读、分门别类
逐一加上情感的调料

一个人，穿好衣服出门
思想是行走的眼睛
爱是名牌的皮鞋
要做的事都很明确
我不迷失，也不虚伪

一个人，吃饱一顿饭
然后睡觉
梦想者一律失眠
我想一些小事
和窗台的几盆花睡在一起

即 景

红绿灯交替着约隐约现
在喧闹的十字路口

有人微笑着走过
有人在吆喝着什么

阳光下街道熠熠发亮
的士和高楼构成风景

不远处的饭店老板
以干燥的笑声表达快意

这是正午十二点
一天中最热的时候

有人越过栅栏
走到了阴影的地方

风中的树

我站在这里，是沉默的样子
叶子落了，风喧闹着追逐
南飞的鸟儿在身边停歇，心情凄凉
有人的脚步匆匆，有人的眼光怜悯
有人展开想象，感到无可奈何的忧伤

人们产生误解，因为他们看不到全部
在风中我依然吮吸阳光什么也不失去
在我的内心，根穿透千年的土壤
大地深处的河流洗净我的每一条茎须

我当然只是风中的一棵树
用生命的落叶向思想者致敬
让岁月慢慢地变化，让风吹过
当他们懂得了尊重，我依旧是这样沉默

旧手镯

他们谁可曾知道你
你这黑夜里的精灵
安安静静，承受孤独
整日里沉默依偎着你爱的人

他们谁可曾懂得你
你这白日里的丑儿
相貌俗陋，服饰寒酸
遭受多少冷眼，容忍多少嘲弄

你只是一件普通的物品
被爱的人珍惜，并给他回报
你整日里偎着像一位少女
只为给他一片慰藉，一点怀想

故事一经讲述就失去了意义
世人偏爱华贵，追求虚荣的价值
他们或曾心动，但没能醒悟

在理解的边缘回头

他们随意的微笑多么令人伤心

面 对

在我的窗前是一棵树
麻雀和麻雀互不相识
白鸡蹲在墙角有些无聊
闲置的背篓头重脚轻
几只蚂蚁，爬上了某处高地

我想起风摇晃着穿过深夜
猫的叫声在黑暗里膨胀
天空里布满奇异的眼睛
忘记了时间的孩子
一个人穿过树林回家

远处是一条河流
有人赤着脚走在路上
我看不出他的渴望，甚至面孔
牛群、蜘蛛和一朵花
它们在正午的时间慢慢变得模糊

瞬 间

在此时
我看到暗红色的空气里
漂浮着死亡
麻雀毫无意义地飞翔
风在林子里宣泄
我听到一些灰尘的吵闹
天空静极了
无数颗殒星在白天坠落
我觉得，我空洞如神

人们麻木的目光之间
是一种平淡无奇的生活
死亡慢慢地迫近
又慢慢地走远
阳光在头顶漂来漂去
精灵失去了翅膀
一点点嚼着草根生存
此时蚂蚁正在地底睡觉
我想象，我是蚂蚁

在此时
夜已来临，我打起灯笼
看到乞丐们就将睡去
没有天堂，也没有地狱
死亡的阶梯遥不可及
时间慢慢落幕
无数的声音齐声吟唱：
逝者如斯夫
我看到，我空寂如物

承 受

天空渐渐压了下来
云层裹紧了内心的眼泪
烦躁的风一脸阴霾
干瘪的影子惊慌失措

母亲关上了院门
麻雀莫名其妙地飞翔
农村的女人一声不响
背着篓走在回家的路上

另一个方向
我看见人们一无所有
玻璃的头颅支离破碎
荒凉的梦中有憔悴的脸

有个孩子说：要下雨了
这是一件很平常的事
我不知道
我们在承受什么

悲剧·少女

在梦想击中的春天
她已经学会了平静
那风和雪的女儿
懂得生存，远离幸福的姑娘

那早嫁的少女
在毡房前洗涮
沉默的光阴分两次流过
一次惊慌，一次沉默

清　晨

黑色的轿车停在风中
度过了一宿
红花开在阳台

老人们没有了名字
起得格外早
一丝风孱弱而平静

阴暗角落里的扫帚
等待着一顿早餐
大街的白墙上写满广告

另一个角度
太阳敲响房门
送来婴儿的啼哭

良　心

真实被剪辑之后
角度成为隔阂
良心的痛苦在于
它是尺子，但没有刻度

人们无法列队走上天平
电影院是一个纯粹的地方
有一些嘈杂，有一些啜泣
以及一些细微的瞬间

你差点忘了你是谁
你并不相信他是谁
我的认识是
那些打瞌睡的人，其实也不容易

走

那个姑娘的笑声
与我无关
一件米黄色的风衣
正越走越远
我和树一样
寂寞与孤独

有人的眼光漂过我的眼光
有人漫不经心地走过
这时候阳光很亮
时间毫无目的地游动
我走在街上
如走在梦中

告诉你

就算是倦了、累了
也不要把梦想放弃
否则，当憩息或酣眠
我们用什么作陪？

就算是错了、哭了
也不要把梦想丢失
否则，那漫漫的长夜
我们靠什么度过？

就算是老了、死了
也不要把梦想破灭
否则，在来生来世里
我们拿什么开始？

太　阳

夸父悲怆的目光
撑起太阳的高度
时间的驼铃渐渐远去
我静立，听到梦的叹息

阳光下，鸟群盘旋
寻找一粒古旧的粮食
云层渐渐聚积，袭卷随后的秋天
天空俯身拾起一片土地

无数个人的岁月堆积了失败
无数的痛苦与死亡都只为一次寻找
太阳啊，这传说中出游的帝王
让我们从他们出发的地方出发

沙枣花

我带着疲惫回家，脸上满是灰尘
玫瑰们都去逛街了
无精打彩的绿色挤在楼群之间
隔着栅栏，乞丐想念着自己的母亲

五月的阳光慢慢地清晰起来
布谷鸟声音谨慎喊我的名字
我回头，看见故乡的沙枣树风尘仆仆
快乐的花香冲动地跑向我

镜　子

这一次他开始无动于衷
这一次他变得无所谓
这一次，他笑了起来

他在人群中喊一声，别人看他
他在屋子里，练习自己
他沉默，不吱声
时间带走下午的一截

一个人走在路上，比天空高
一个人吃饭，异常抽象
一个人被夜靠近，想休息
一个人的半张脸，没有灵魂

这一次他惊慌起来
这一次他竭力坚持，站着
这一次，他拾起畸形的时间
开始寻找丢失的镜子

忘　却

水的歌唱，流过
石头

遥远的天空的面孔
一种沉默

纸画的岁月的叶子
沉默

我和整个荒原对峙
写这首诗

渐渐地，我成了
石头

母亲和一个夜晚

母亲一个人坐在农村的夜里
她皲裂的手拿起柴火
神情专注而安详
炉火发出声响
平静的庄稼睡成背景

土坯屋子简单地面对生活
矮凳以一种姿势劳作了一生
烙熟的饼倚着瓷碗
几株白菜并肩举起秋天的收获
母亲拢起白发
和它们一起等待来年

母亲一个人坐在农村的夜里
空寂的北方渐渐熟睡
光阴像驯服的巨兽在周围蜷伏
有人推开风中的院门
看到母亲和她并不在意的孤独

在阳光下，想起父亲

在阳光下，想起那条河流
想起我的父亲，在野地里居住
他筑起房屋，栽种树木

用三十年或者更久
他栽种秋天，用几袋粮食
换取一首北方的歌谣

在阳光下，想起那条河流
想起我的父亲，沉默着走过
他芟割光阴，比石头苍老

用三十年或者更久
他夯筑院墙，修理农具
把冬天做成北方的烙饼

多少次，在阳光下想起那条河流
想起我的父亲，以冰雪覆身
他粗衣布鞋，把我养大

海

我梦见海
和海水飞翔的表面

青铜器的梦想
喃喃自语
水蓝色的天空
是一群鱼的嘴唇

我梦见岛屿
和岛上孤独的女神

沉船的呼吸平静
秋天失去乳房
水手干瘪的孩子
在温暖的热带长大

我梦见海
和海底安息的灵魂

鞋　子

新鞋子
旧鞋子
破烂的鞋子
丢弃的鞋子

我的脚
在什么时候
最孤独？

单身楼道里的母亲

在我住的楼里
常常有一些母亲
来看望他们的子女

二十多岁的子女
是母亲心中的孩子
交织着欣慰与忧虑

她们起得很早
清扫阳光的角落
洗净儿女疲惫的鞋

当儿女买来补品
或挽起母亲上街
她们会慌乱地微笑

她们更习惯付出
炒几盘家乡的热菜
做时间沉默的母亲

如果有一些闲暇
她们就擦洗墙裙
遇到扫楼的女人
相互微微地一笑

今 天

从西部最高的山上
你可以看见我的头颅
看见我的心
让这盏灯光芒四射

感冒的姊妹
瘸腿的兄弟
把眼泪擦了吧
我将给你们馈赠

我将给你们馈赠
打开你们的门窗
用一个人温暖更多人
用更多人温暖这个世界

把眼泪擦了
我的兄弟姐妹
今天，让我们把自己摊开
晒晒东边的太阳

王 者

王者，不说话
是黑夜里峭崖上的灯
马匹静卧
月光在一间屋子里转身

神秘者的屋子
容纳灵柩与战争
风打开了窗户
牛皮鼓的心脏，涌动音乐

窗外已是秋天
夜行人梦呓，夜行人的鞋
走过光阴深处的战场
一只鹰猝死

乞丐们在森林里寻觅
战俘听不到鼓声
王者，不说话
时间列队走过

信仰者

他们生来孤独
一个人，吹起牧笛

他们辗转难眠
在夜里打开窗户

他们死而复生
用秘密的火焰燃烧自己

他们坐在了高处
左边是河，右边是峭崖

他们买下了羔羊
用自己的血液喂养生命

他们开垦麦地
一粒麦子，最终落进土里

他们泪流满面

在回家的路上睡去

他们生来孤独
信仰者的孤独，在深处

街

街上有人敲钟
蝙蝠低低飞过潮湿的清晨
铜字招牌的背后
睡着低矮的希望
高楼一层一层俯身
寻找行走的灵魂

奔驰的车是寂静的
时间落满街道
一朵红花混杂在空气里
像是我们的呼吸

我看见一些人走路
逐渐地走向模糊
他们不断地重复自己
仿佛远处的钟声
当、当、当……

我在山坡上

我在山坡上
讲羊群的故事

长满青草的山坡
荒芜已经多年

我在山坡上
讲羊群的故事

太阳打起喷嚏
雨淋湿了村庄

我在山坡上
讲羊群的故事

九月坐上了火车
九月的牧场凄凉

我在山坡上

讲羊群的故事

孩子又聋又哑
黑夜领养了他们

我在山坡上
讲羊群的故事

第二辑

古城·高昌

我永远也无法听到他们的声音
那些幸福或哀伤的王
我永远也无法梦想他们的生活
那些喝酒或行走的子民

他们，慢慢走过光阴的大道
面容模糊、沉默不语
黄昏巨大的骨骸四处散落
散落的孤独被太阳凝视与炙烤

我永远也无法穿透时间的残垣
那些寂寞的泥土与风尘
我永远也无法获取时间的秘密
那些等待的饥渴与往返

他们，慢慢熟睡留下一盏盏马灯
照亮尘飞的古道上嬉戏的孩童

画

如果愿意
可以把天空摘下来
可以画一湖水
然后放养两条鱼

风起时
就画岩石的那些脸
空寂的眼睛里
活着大片的森林

如果孩子诞生
我就画一条河
画太阳和他的女人
被一只大鸟衔走

如果有人问，我会解释
这就是画家
和你们看到的一样
但结果不同

语　言

七个音符的舌头，七面空洞的鼓
七位富足的国王和一位哑巴的兄弟
他们在一切隐秘的入口对峙
死去的人成群结队，穿过破碎的镜子
语言盛开，时间慢慢枯萎

我那哑巴的兄弟，什么也不能说
在欢唱的人群中饥饿、痛苦
盛大的晚宴焚烧着黑夜的衣裳
精致的声音俘获着爱情的嘴唇
演说者在大街上散步，越发肥胖
偶尔，有枪声袭击了灵魂

偶尔有孩子敲碎了婚姻的蛋壳
看到一只母鸡骄傲的翅膀
看到语言与我们碰撞，彼此受伤
七个音符的舌头，吹响大海的风暴
月亮像一次事故的残片高悬

七个音符的舌头，七面空洞的鼓
七位富足的国王，没有衣裳
死去的人只留下舌头，镜子破碎
我那哑巴的兄弟，什么也不说
什么也不说，坐在高高的山顶
坐在高高的山顶上沉默

杯 子

敞口的、透明的
令人担忧的
一只杯子

时间一点点流进去
又溢出来
泛白的时间
不咸，也不甜

在我们的身边
这只高脚的杯子
空空荡荡

空空荡荡
在桌子上舞蹈
盛着别人的汁液
与黑夜抱头痛哭

正午·感觉

摊开手掌
袭击一条曲线
阴晦的天气
排列夏天

我在天空的一端
画一幅画
用木头垒筑自己
然后毁坏

低矮的他们
大吵大闹
一具苍蝇的尸体
在空中摇晃

空气很薄
透明的墙壁
控制过道
角度无比强大

灾　难

他把自己掘成井
姑娘陷进去

母亲的财富陷落
羊群陷落

荒芜的脸庞杂草丛生
灯灭在深处

他把自己掘成井
通向地狱的门打开

占 卜

盲人的眼睛穿过山谷
遥远的海充满饥渴
年轻人，他们的掌纹开满罂粟花
线条里有最后一缕宗教

他们走在时间的门外
等待着自己光临
爱情如幸福体面的外衣
在梦想的花园里晾晒

衰老是另一种过程
落叶自言自语
黄金般的痛楚
在秋天的大地上袒露

海底高高的山上
牧师弹起月光的琴弦
当盲人们开始平静地歌唱
有人敲响了黑夜的天空

无知者

在他的心里
石头开了花
镜子里的手
扶住了影子

床上睡满了光阴
他向左走三步
看到阳台的铁树
右边是一面白墙

在他的心里
有一片空地
镜子的背后
是寂寞的阳光

十　月

你们丢失的十月
重新回到土地，长满青草
你们丢失的十月
不会有收获，但会有耕作
麦子已经熟了
你们丢失的十月
空荡荡的十月
风吹草低，万物枯寂

你们
勤劳或懒散的人
等待十月，海棠落地
等待十月，牛羊成群
十月之后
时间随处流淌
黑夜比白昼拥挤
而那北来的风暴就要抵达
抵达你梦中的家园

婴儿啼哭的家园
储藏粮食的家园
散尽财富，养育冬天的家园
麦子已经熟了
北风就要吹来
喝牛奶的子孙住在了城里
河边的侏儒
双脚冰凉

你们丢失的十月
在一大捆时间的背后
在茅草与秋风的夜里
镰刀、镰刀，十月的飞鸟
停在诗歌的枝头
我的身世是一个谜
我的手指寻遍了大地
有些人到达的高度
其实是灵魂的凹地

你们丢失的十月
冰凉的十月
是我踮起脚尖触摸的痛苦
是我俯身拾起的幸福

是我的血液喂养的孩子

北风已经吹过

青草长满大地

父辈们一生一世，住在这里

你们丢失的十月

重新回到了人间

纸　船

哦，纸船、纸船
没有海岸
没有狂欢或寂静的港口

火焰、石头或者道路
风吹醒的后半夜
寂寞像一只盲人的手

哦，纸船、纸船
窗外布满了风暴
遥远的岛屿，遥远

假如世界是一棵树
夜晚丢失的海
在内心深处浸漫、浸漫

哦，纸船、纸船
风吹醒的后半夜
没有陌生人来敲门

傻哥哥

他从水里捞起了月亮
我的傻哥哥
他把月亮放进了酒杯里

十月秋凉
父亲的马车早已经破旧
父亲离开了人间
他没有厚衣服

我的傻哥哥
他把月亮放进酒杯里
他把秋天掰成了两半

我的傻哥哥哟
他把身子浸在冬天里
他要活一万年

蝴　蝶

如果做了蝴蝶
我能不能够
带来风暴？

远方呵
海洋
所有的孤岛

给我花丛
给我森林
给我带来风暴的力量

如果做了蝴蝶
我能不能够
活在他们中间？

城市呵
思想
所有憔悴的脸

给我翅膀

给我风

给我放声歌唱的力量

无　题

裤子的两条腿

空空荡荡

夜里的一双鞋

无所事事

三个月的短头发

变成了长头发

一辈子的心

埋进时间的土里

人是要吃饭的

人是要吃饭的，朋友们
尤其要吃盐，但不要多
多了，饭就苦了，眼泪就咸了

人是要恋爱的，朋友们
要有一个女人，要对她好
她会为我们生儿育女
做你挡风避雨的港湾

人是要有一块土地的，朋友们呐
要盖一间房，种三分地
让自己活下去，或者死了
还可以有块墓地安息

黑夜是一首哀歌

夜黑了，我仍在写诗
边读边想，边想边写
月亮的兄弟走在路上
天使从秘密的地方回来
玻璃多么透明，能够看见
一个人的全部内心
看见灵魂的饥渴
在大片的荒原上奔跑、寻觅
看见我母亲的炊烟
带着幸福的谕示，模棱两可

如果幸福唾手可得
我该用哪一种虔诚将它占有？

红色的夜

这夜是红色的
这夜凌乱
这夜没有天空
少女们与酒瓶对唱

这夜赤身裸体
这夜酒杯碎裂
这夜穿不上衣服
强盗们满心欢喜

这夜更黑
这夜没有脚
这夜淹没了夜
月亮的诗歌冰凉

这夜开满罂粟花
这夜石头腐烂
这夜没有了宗教
大地的孤独遍地流淌

我是一无所有的王

在天色渐暗的高处
我是一无所有的王
是高处的侏儒
看不到天边行走的人

我的兄弟姐妹
他们在山下居住
举办一场疲倦的婚宴
像鱼群在水里饥渴

像鸽子在屋顶盘旋
细小的街道上声音流淌
细小的街道，没有骨头
黑夜是骤然刮起的一场大风

我是一无所有的王
怀揣着被废黜的思想
看到一盏盏灯光慢慢地熄灭
衰老的人们学会足不出户

在黑夜弥漫的高处
我是一无所有的王
风吹灭了眼睛
光阴的大幕渐渐地合拢

抚 摸

抚摸它们
在使我浸没的水中
抚摸秋天和秋天里的一场大雨
那些霉烂的樱桃
让我们慢慢变得空洞

以火的语言，抚摸它们
抚摸死去的鱼和冷却的时间
石头深处的语言，坚硬如铁
梦想的角落里蛛网密布
失去父母的孩子，匆匆忙忙地长大

抚摸它们
在使我颤抖的海岸
抚摸阴暗的嘴唇和寂寞的礁岩
风在梦中吹走了船
我们一无所有，潮水睡在海里

以夜的高度，抚摸它们

抚摸水蓝色的天空和低垂的九月
死去的人，与幸福和解
剩下恋人和饥饿的三餐
婚恋的床安在了灵魂的低处

抚摸它们
在使我丢失的广场
抚摸干瘪的歌谣和三支野玫瑰
多么艰难，多么遥远
我的手指抚摸着他人的痛苦

以盲人的痛苦，抚摸它们
抚摸沉寂的大地和镂刻荒诞的墓铭
没有翅膀的人在生活的边缘舞蹈
我一个人，在天边的路上走来走去
把时间的秘密深藏……

聊 天

可以选择表情，而让自己消失
或者更久、更久地忘却

说，下雨了，呼吸像鸟
说，失恋，男人和女人

像在抽屉里，没有计时器
没有窗户，眼睛在玻璃上打滑

然后你笑，吃着西红柿
说，啊，我爱

我爱我自己没有名字的这张脸
或者更久，更久地忘却

我爱这黑夜的大脑袋被风吹动
仿佛冬天里冰凉的手指

啊，我爱

我爱这穿越山洞的咳嗽
让我比孤儿更像孤儿

说，九月，九月的羔羊
说，母亲，死去的母亲

仿佛没有坐垫的痛苦
没有调料包，飞翔的夜太短

然后你哭，喝一杯牛奶
说，啊，我要

我要我的眼泪能够赚取金币
我要这立体的空气建造的殿堂

啊，我要

我要这从头到尾的梦想与谎言
或者更久，更久地忘却

我翻遍大地的石头

我翻遍大地的石头
找不到一双
能够说话的眼睛

那一种寂寞哟
在另一个春天
长成青绿的草地
供亲人们休憩
供牛羊啃食

天　空

天空是天空把我揽入了她的怀中
慢慢地死去

大地上的唢呐手啊
裹着厚重的云层

裹着厚重的思想
把哭声吹得如此响亮

在一条漫长的路上
把哭声吹得如此响亮

而那些疲惫的人群
长久地沉默着

长久地沉默着
把我的灵柩埋进坟冢

把落下来的黑夜拾回家去

有瞬间的哀伤

那一刻
在那一刻，天上的雨终于下起来啦

有时候

打开窗户就能够看见
天空，和天空背后的河流
这一刻，水从人们的指缝里冒出来

这一刻，有土豆一样的女人
摇摆着自己的身肢，走进西瓜的深处
而男人们咂着嘴，享用了整个夏天

而更多的人，梦想着一座陵墓
用一张网捞起所有的面孔
用陌生人的名字来擦拭自己

然后，他们会吃掉多余的时间
吃掉牛肚、羊头和新鲜的草莓
在秋天的大地上摊晒自己干瘪的表情

然后，他们把巡夜的马灯遗弃在河水里
身体像一支燃尽的香烟坍塌下来
而这一刻，有人正从梦里拔下牙齿

这一刻，被结扎的黑夜正躺在大地的床上
孩子们集体住进冰箱里的鸡蛋
人们汇聚起来，聆听一张嘴巴的故事

有时候，打开窗户就能够看见
黑夜，天空里悬浮着许多没有翅膀的鱼
它们没有血液，只是张着嘴呼吸

我想我可以看到他们的悲哀

他们说过之后，这个世界就不会再说
就仿佛，洪水淹没的城市不会再有钟声
——从什么时候开始
　　人们已不再需要窗户？

死去的就像是活着的，都已经回到黑夜！

他们说过之后，所有的苹果不会再有衣裳
就仿佛，守墓人的脸看见
天空巨大的舌头舔噬时间干燥的骨头
——只需要一个瞬间
　　人们就可以叩响死亡的门！

那些收获的或者霉烂的，都将会变得空洞！

在，城市灰蒙蒙的上空乌鸦练习着美声
在，午后的餐桌上杯子里只剩下谎言
在，酗酒者的嘴巴里黑夜早已半身不遂

他们说过之后，这个世界就不会再说！

他们说过之后，一棵树被手从泥土里拔出
就仿佛，一道光剖开大海看见一艘沉船的残骸
——还要到哪一天
　　人们才能够理解死者的光环？

所有被欲望焚烧的内心，都将被虫子慢慢地啃食！

三点零五分的电话亭

三点零五分，有风吹过
一双手没有骨头
一双空洞的眼睛，看不见脸庞
此时此刻，少女们站在水里受孕
语言的秘密，就是此时此刻
有风吹过，语言的秘密
就是支离破碎的男人
与琳琅满目的标签
此时此刻，名字开始飞翔

而我们开始理解，城市里的一个拐角
理解舌头，是藏匿人生的洞穴
理解天空的翅膀，是寂寞的翅膀
钱币里涌动着爱情的力量
月亮是黑夜饥渴的晚餐
立交桥上的恋人，在一张照片里甜蜜
我们开始理解，爱情如何长久
理解故事，是一些事故的改编
理解漂亮的脸蛋，是不会过期的邮戳

而母亲一无所知，在另一些地方
母亲在路上风尘仆仆
此时此刻，有风吹过
语言的秘密，就是此时此刻
母亲劳作，母亲劳作
母亲一日三餐，储藏幸福
喜悦像蚕一样嚼噬着剩余的岁月
此时此刻，正午的打麦场上有鸟飞过
母亲一无所知，慢慢学习等待

三点零五分，舌头开始停止呼吸
一双手没有骨头
一双漂亮的眼睛，看不见脸庞
此时此刻，有风吹过
语言的秘密，就是此时此刻
名字开始飞翔
母亲在路上，风尘仆仆
此时此刻，电话孤零零地响起
而更多人伸着懒腰，关上了门窗

从另一个方向，他们将我遗忘

从另一个方向，从另一个方向
他们走过去，将我遗忘
将我遗忘，在一片孤寂的荒原

我在自己的身体里说话
喝多了酒，丢失了帽子
一大片荒原，没有衣服
一大片荒原，只种下一个人

从另一个方向，从另一个方向
他们走过去，将我遗忘
睡了，睡了，睡了，身体里的汁液
是被罢黜了的国王

他们走过去，将我遗忘
他们走过去，母亲死了
他们走过去，像一些气球
我说，我说，给我一张床

我说，我说，我是你们的国王
我在自己的身体里说话
从另一个方向，从另一个方向
他们走过去，将我遗忘

响

三点之后，准会有孩子哭
准会有落叶扯断一生的眷恋

奔向死亡
但是这还不足以惊扰秋天

一辆脚踏车的回忆
当陌生人破旧的帽檐遮挡住太阳

昏昏欲睡的梧桐发出老人翻身般的声响
空气像潮水涌动起来

然后
是天空从高处摔下来的寂静

人们伸着自己的脸
如同阳台伸出自己的欲望

节　日

用卷笔刀刻在天空里的
是两只小老鼠悄悄期待的秋天

是它们嚼碎了的时间
藏在马戏团小丑的帽子里

于是，我们期待母亲的一枚硬币
期待一只雄性孔雀骄傲地张开

它那获取爱情的外衣
像一匹海马沉浸在破碎的梦里

像黄昏里的一道霞光
一点一点丢失自己的身子

然后，我们坐到南极的冰山上
慢慢学习长大

然后我们用手指点燃谷仓

用泥沙埋住自己的脸庞

一年一年，在上面写下：
节日快乐！

端　午

孤儿。他的手伸在江面
他的泪总也流不尽
他的眼睛望着天空，三千年。

六月的子宫里母亲诞生

母亲点起灯，母亲开始做饭
粽子、粽子，男人和女人的故事
饥饿的故事。他们知道，活着难呐
活着就是懂得献祭，
就是修好篱墙，把孩子养大。

铺天盖地的江水里那只小小的摇篮啊！

睡着一只大鸟的翅膀
睡着三千只大船的灵魂与歌谣
睡着孩子们瘦弱的身体

苦难的节日散发着乳汁的芳香

母亲点起灯，母亲开始做饭
粽子、粽子，白米饭的图腾
成长的图腾。男人们攒足了力量
孩子们欢天喜地
天在一瞬间亮了起来

六月的故乡将会有一场盛大的仪式。

祖先。他的手拂过江面
他的血永远流不尽
他的眼睛注视着大地，三千年。

年

轻轻地，摘下那片记录风景的云，
一年就这样过去了！

你听见脚步声渐渐远去，
倚着时间的肩膀静静地目送。

哦，命运的存储罐里又少了一枚硬币，
那怅然的疼痛若隐若现。

还有多久，坚持才可能换来永恒？
那被磨损的人生呐，活着的都是穷人！

你不会有太多的幸福来制作蛋糕，
也不必有太多的痛苦去仰望天空。

一棵树的成长，风雨阳光的一生，
你将学会让自己平静地置身森林。

哦，新的一年开始了！

悄悄地，你扣好时间的衣兜，

一转身，撞上夜的门槛，
谜一般的未来刹那间叮当作响。

第三辑

我要写下十首赞歌

我要写下十首赞歌
直到你们产生恐惧
天空弯下身来，拾起我的骨骸

我要赞美一个人的孤独
赞美火葬场和蜷伏在夜里的狗群
它们睁大的瞳孔里，可以诞生太阳

一天一天，我要写下十首赞歌
用滚烫的水净身，吞食自己
像一位富翁用金币埋葬他的一生

像诞生婴儿的子宫
不为人知的秘密，用痛苦换取欢乐
用一个人的一生，换取更多人的一生

最后，我要赞美斧头
赞美它剖裂世界的锋刃，也将剖裂你们
直到你们开始产生恐惧

逝 者

她的名字
一闪而过
像一张陌生的脸

冬天
我们去滑雪
南山的牧场
一脸平静

天上人间

天上的人们呐
你们
一脸苦相

因为寂寞
像血一样地
不停流淌

谁知道我的幸福呢

谁知道我的幸福呢
把月亮还给你们，我只喝水

谁知道我的幸福呢
我只用一样东西，狠狠地砸自己

谁知道我的幸福呢
姑娘们坐在阳光里，只剩下乳房

谁知道我的幸福呢
瘦骨嶙峋的我，三天不出门

谁知道我的幸福呢
三天不出门，我只喝这些水

谁知道我的幸福呢
我只用一样东西，狠狠地砸开自己

在异乡见到羊群
——赠 ZJ

在异乡的路边，羊群低着头走过
它们旁若无人，缓慢而又悠闲
头羊的项铃偶尔响起歌声

此时我正坐在一条奔淌的渠水边
思念像一袋面包，蘸着午后的时光
然后我看到了羊群，就像遇见了故知

哦，汗德尕特、汗德尕特！
那弯清澈的山泉带走了多少个秋天
那片幽静的山坡憩息了多少的羊群

哦，汗德尕特、汗德尕特！
多想停下来去寻找那一簇野花的芳香
多想停下来去拾捡那一片遗落的天空

哦，汗德尕特、汗德尕特！
我曾经把你的名字系上行囊打马而去

我渴盼在你的梦里风尘仆仆打马而归

如今我坐在一条奔淌的渠水边
思念像一小块面包，蘸着午后的时光
然后我看到了羊群，就像遇见了故知

在异乡的路边，羊群低着头走过
它们旁若无人，缓慢而又悠闲
头羊的项铃偶尔响起歌声

南游感怀

在这里，你可以看到大地容纳的孤独与寂静
在这里，你可以看到大地怀抱的幸福与呢喃

绿荫丛中的院落屋宇，戈壁滩上的荒草孤树
我们多么欣喜心灵能够在这空旷的世界呼吸

我们欣喜，仿佛似曾相识的恋人来到了眼前
仿佛失散多年的孩子重新回到了家园

天空湛蓝呢，白云悠远
长路蜿蜒哦河流轻漫，远山恰似梦的栅栏

我们多么希望，我们曾生于此，且从未离开
我们希望，那月光般的爱情在这里自开自落

我们希望，那温暖的阳光能够摊晒片刻人生
而我们能够习惯这样长久的驻足与徜徉

我们习惯在这里探亲访友，劳作悠闲

我们习惯在这里刈割青草，放牧牛羊

我们习惯于沉默，聆听风吹过的声音
聆听我们的眼泪在心底温暖地流淌

哦，向南，向南，远离那些纷争与劳倦
向南，向南，远离那些虚荣与尘渊

向南哦，向着那远离喧嚣与浮躁的方向
向南，向南，那里有我们的亲人与故乡

思　念

哦，亲人们
在这里，我学会了遗忘
一种多么高明的生活

我像一个酒徒
挥霍着大把的时间
只为一次酣畅淋漓的痛哭

哦，有些时候
我也会让自己醒着
用时间的指甲刀修饰年龄

我也会让自己出去走走
看城市深长的街道飘向远方
沉默的站台与天空对视

哦，更多的时候
我只是静静地坐在屋子里
想不起你们的模样

就像今夜此时

秋桐静寂，月光皎洁

没有一个人走在回家的路上

停

我们会停下来的
哦，语言是多么诚实的骗子！

我们将学会孤立无助
学会逐渐积攒的灵魂无处徘徊

哦，如果只有远方，这世界多么贫乏
潮水般的人群深陷于光阴

哦，思想大于身体的重量，骨头叮当作响
所有的收获都只是一场悬崖边上的游戏

如今，我们像哑巴一样开凿时间的墙
存储一半自己，存储一半未来

黑夜作证，死亡是属于我们的财富
那无法停止的衰老只是一次自我的出售

哦，我们会停下来的

抵制诱惑的秘密在于懂得拒绝与放弃

那迷恋于拥有的人生啊多么短暂！
行走的梦想穿戴着帝王般虚假的衣裳

哦，我们会停下来的
在语言的碰撞声中逐渐学会静默无声

我们会打开一扇窗，看到人群像流淌的歌谣
那些遥远的世界只是一道庞大的背景

这是一个比海更加忧伤的世界

千里之外
婴儿点燃的那盏灯

轻轻地举起黑夜
举起我们的无知与梦想

走向悬崖

而那喧嚣无际的海面
欢乐的人群像浪花

沉下去的，沉不下去的
依旧有船帆驶向死亡

幸福是一座岛屿

你可以想象这片海的前世今生
你可以想象一个人的脆弱短暂

越沉寂越荒凉

越深邃越冰凉

这是一个比海更加忧伤的世界

这样的生活

我们都生活在陌生的世界
我们都有一个陌生的名字

清晨，一线阳光推开半掩的门
我们起身，为自己补充一点欲望与迷惘

傍晚，归巢的鸟群争论着晚餐
我们挪动自己，像一尊散了架的雕塑

忙碌操劳的日子，口干舌燥的梦
我们像一个气囊一点点泄下了情绪

一点点干瘪的时间
原地不动的烦恼与恐惧

蓦然回首，越发陌生的自己
另一个灵魂，醒在一无所有的夜里

我们都生活在熟悉的世界

我们都有一个熟悉的名字

果实落地，荒草枯萎
一些孤零零的树木对抗着天气

需要从大海里捞出这样湿漉漉的生活
搁在灵魂的礁岩上，时常摊晒

孤独的，也将是自由的

我们坐在众人离去的山冈上
孤独的，也将是自由的

我们是丢失了钥匙的孩子
孤独的，也将是自由的

哦，你看那天边慢慢消散的云
多像我们的梦想来去自由

哦，孤独的，也将是自由的
仿佛那停歇在夜里的鸟儿

哦，那熄灭了万家灯火的夜
用大海般的孤独滋润着我们

哦，孤独的，也将是自由的
仿佛那风吹过了忧伤的人

仿佛那远行者精疲力竭的沉睡

孤独的，也将是自由的

仿佛那灵魂自开自落的花朵
孤独的，也将是自由的

冬

蓄起了胡须的冬天
他不再轻易地与人说话

他喝酒，红着鼻子去打钟
时间空荡荡的大厅里无人行走

屋外下起了雪，大街小巷
裹着大衣的恋人像一阵掠过的风

有些人走了就不会再回来
有些门，在冬天的身后紧闭

我和你欲言又止，形影孑立
迟钝的脚步是唯一接触方向的语言

预报说冬天的坏脾气越发善变了
孩子们围着火炉烘烤着他们的憧憬

冬天的夜晚

这过早到来的傍晚就像是一场预谋了的恋情
他含混不清的词句碰撞着冬天粗糙的身体

这冬天的酒鬼同时也是一位痴迷的诗人
他步履踉跄，东倒西歪地排列人们的情绪

他摇头晃脑，用双手拽紧一条昏暗的街道
立交桥上的爱情像一页写满的纸张被风吹起

是冬天了啊，冰与雪的线条镂刻着一座城市
夜晚汇聚起来，与广场的行人相互取暖

是冬天了，时间收起他的画夹回到了住处
剩下茫然无措的年轻人继续挥舞自己的年龄

远远地，灯光打着暗语接近光阴的储藏室
土豆白菜的味道中夹杂着接近真实的欲望

人们在过于庞大的事物里学会了无知

我与你之间，隔着深不可测的爱与被爱

风与雪

他们是一对老夫妻
暴戾的坏脾性，过一辈子

他们酷爱争吵
隔着夜晚的玻璃喋喋不休

但是你拆不散他们
就像你不能从天空摘下月亮

清晨，邻居们小心翼翼地探听
风与雪的孩子轻手轻脚地外出

那善解人意的太阳笑眯眯地走来
他轻言细语，让时间安静下来

此时，熟睡的雪花躺在大地的庭院里
听凭风的手指温暖地轻轻拂过

我爱那些树木

我爱那些冬天的树木就像爱着一个人的成长
我爱那些树木就像爱着那火焰冷却过后的精灵

哦，冬天！你燃烧那一切枯萎与衰亡的
只为留下这些坚韧的灵魂，鲜活生命的侧影

我想轻柔地写一些他们的故事
写一个站在时间身边的孩子成长的过程

他们沿着春天的足迹走来
以一次懵懂的发芽开始，慢慢地站立起来

他们像栽种思想一样种下自己的身子
他们向上攀升的梦努力触摸着天空

如今风雪交织，落叶凋零
苦寒像一柄铁锤击打着大地的心脏

而他们像一群瘦削的诗人写下沉默的诗句：

那成为风景的，依旧是风景

冬 夜

窗外，
已是月光十年。

雪覆盖着大地，
白色的村庄。

夜行人的逗留，
惊醒了回忆。

梦转过身去，
瞥见遥远的灯光。

寒风凛冽，
碰撞院落的荒凉。

人们彻夜未眠，
制作启程的干粮。

冬天的背影，

在浓缩的夜里隐藏。

我喝下果汁，
若无其事地睡眠。

那狗的叫声，
暴露了真实的身份。

夏

我住在一栋比时间更陈旧的屋子里
所有的门开着

夏天的水果是一群喜欢上街的姑娘
天气是一柄失重的锤子

我的问题在于懒惰

几块固执的石头站在窗口眺望
饥饿像汹涌的海水漫过

词语的叶子在窗外轻轻地晃动
没有访客，只有一片阳光

带来时间火热的孤独与阴影

信

十月的一天，我想寄给你一封信
寄一则寓言，把魔鬼装进瓶子里

我不在乎邮资，也不在乎距离
如果没有信使，我就请诗歌跑一趟

我甚至把生命贴上，做一枚小小的邮票
我写下自己的地址，那栋死亡边上的房子

我甚至不期待回复，只希望你能够阅读
阅读一页信笺留下的余温与孤独

然而啊，我却没有你的地址
没有你的地址哦，我甚至不知道你是谁

周　末

星期天，安静的幼儿园
仿佛一块丢失在草丛的花手绢

从时间对面走过的小女孩
独自玩耍天空的云

太阳是悠闲的摄影师
一张一张地摆弄着风景

病人们集体出院
用一餐烧烤补偿自己

吹起口哨的榆树林
站在正午的河边等待恋人

我一个人，坐在屋子的一角
轻轻晃动时间蓝色的摇篮

秋　意

十月的手指
在落叶上弹奏

一首天空的歌
羊群夜宿

羊群夜宿
相约而来的牧羊人

是一位哑巴
住在海底的村庄

住在海底的大树下
没有月光照耀

也没有爱人相伴
她们已走远

她们走远

留下夜宿的羊群

留下夜的耳朵
倾听足音

倾听十月的手指
在落叶上弹奏

一首天空的歌
浸透秋天的旋律

生　活

夜里的一杯酒，浸润世界的影子
夜里的一盏灯，映衬雪地的冰凉

谁在空旷的海面上打捞着生活
十二点的灵魂竖起了它的耳朵

我们是越来越安静的孩子
独自在时间的操场边数存储的梦

梦

雨夜里传来沙沙的声响
但是没有人

也没有任何的影子
世界像一盏冰凉的杯子

你啜饮一小口时间
就着夜色的孤独与宁静

轻轻地推开一扇门
仿佛灵魂翻越着高墙

但是没有人
也没有任何的影子

只有梦
在灯光下轻轻地走动

黄　昏

此时，我坐在梧桐树下
倾听一座城市拉拽着黄昏

许多人头重脚轻地行走
时间像一件薄衣裳遮不住生活

此时，我多么希望自己是一块石头
被死去的人群拾起，放置在岸边

我停止生长与恐慌，一个人独自歌唱
微风如同记忆擦拭玻璃般的灵魂

在枝叶丛中，孤单的鸟儿是静止的
我与它一起目送茫然的街道奔向远方

边 缘

你站在那里，感觉忽冷忽热
生活是一只被啃咬过的苹果

生活，在口袋里哼哼唧唧
像蒙面的人在夜里四处冲撞

而你的身体里有一道栅栏
梦想是时间放牧的一群牛羊

世界弓起的脊背上
恋人们坐在镜子里摇摇晃晃

倾斜的思想抓住了婚姻
仿佛救命的绳索悬在半空

空荡荡的城市里传来歌声
灰蒙蒙的树木结满熟透的语言

你站在那里，像一支离弦的箭

带着逃离的渴望穿透了自己

穿透饥饿的灵魂，抵达一条河
像抵达黑夜深处的人等待着黎明

谁能给我们干粮，谁能给我们
在冰凉的血液里种下太阳？

窗

午后三点，大地在空气里浮动
道路发出躁热又刺耳的碰撞声

光线搜集着生活与死亡的气息
长尾巴的记忆虚弱地嵌入城市

远处传来阵阵莫名亢奋的轰鸣
梦的子宫诞生光怪陆离的森林

你住在吸尘器黑暗的中心地带
拥有末代君主般的骄傲与绝望

人生是一艘行驶在梦里的沉船
世界像被锁住的囚徒发出叹息

午后三点，大地依旧慢慢浮动
沉默的树木执守着自己的阵地

你将一点多余的孤独碾成粉末
透过一扇窗户轻轻地洒向人间

停 止

是要有足够的时间
才能积蓄起脆弱

停止，在墙壁倾斜的途中
一如寂寞的铁轨

用黑夜收藏梦想
用背影回答记忆

是要用足够的时间
才能这般欲言又止

停止，在旋转的医院
一如大地的床翻转

远方收容着放纵
重金属的酒精攀登

是要有足够的时间

才能学会放声痛哭

停止，在十二月的榆树林
一如从苍白的冬天里升起惊惧的人群

越过虚无的身份
我与你结伴回到孩童时代

彩　虹

那些眼泪
在天空的眼睛里

那些山
是大地的心脏

让万物生长吧
让我们复苏

远离墙壁与灯光
远离冰凉的生活

在空荡荡的田野里
生长或忏悔

那座桥
通向一种呼吸

那些河流

是一些歌谣汇集

让我牵你的手
一起沉默

用沉默回答他们的骄傲吧
用沉默写下心愿

这美的瞬间与永恒
只属于天空与大地

灯

一盏灯能够让你想起母亲
想起微风轻轻吹动黑夜的波浪

一盏灯是时间微弱的呼吸
那无力抵达的边界仿佛一种隐喻

哦，一盏灯擦拭梦呓者的世界
他黑夜裹身，独自远行

那从内向外绽放的心哦
仿佛赤身裸体的梦寻找着情人

一盏灯是死亡割让的领地
那沉默的对视更像是一种宽容

一盏灯带着逝者手指的体温
他来自天空，抚摸着大地

哦，一盏灯让你想起那出鞘的剑

想起黑夜和它那长长的尾巴

那等待着清晨与燃烧的心哦
与灵魂为伴，彻夜不眠

苹　果

苹果、苹果
梦想的光芒

她离开母亲
她登上舞台

苹果、苹果
我们的新娘

她失去翅膀
她爱上牙齿

苹果、苹果
遥远的脸庞

她理解灰烬
她接纳死亡

大地的光芒

从一盏灯里取出黑夜的心脏
盲眼的乞丐咀嚼着秋天
看到七片落叶跳起的舞蹈

看到梦里奔流的河水慢慢地平静
仿佛那些驮负着歌声的马群
突然之间，化作了荒原上空的云

而那飞过九月麦场的鸟群
看到一粒麦谷里镶嵌着教堂
看到大地的孩子像一茬茬庄稼

钟声，在鸟的翅膀里响起来
三千只大鸟，把石头衔在嘴里
栖息在夜风的指尖上。它们看到

从一碗白米饭与牙齿的厮守中
邻家的奶奶起身去寻找一件旧衣裳
她用依旧轻柔的声音与死去的老伴

说话：哦

亲爱的，那是咱们的孩子

第四辑

时　节

橘子熟了
风翻动你的心

穿越铜镜的梦想
潜入了冬季的丛林

一只小甲虫的命运
在闲置的田野里跳动

读蓝皮书的下午
小提琴里雨水流淌

墙壁上开满了花朵
夜的灯光提升空气的重量

大地的血液里
静静站立着岁月的马匹

局　部

这只是局部

即使孤儿们重新拥有了母亲
即使送葬的人群与棺柩达成了和解

也只是局部

就像西方对东方的诅咒
就像他们的后代偶尔梦见的北冰洋

只能是局部

譬如那些墙壁背后的耻辱
譬如罗马教堂上一根指针的移动

那就是局部

我们也是。在局部的痛哭或狂欢之后
在局部的后悔或坚持之后

依旧是局部

拥有局部的死亡或愤怒
拥有局部的理解或纯洁

这就是局部

就如同敬仰者不可能理解灵魂
就如同雨水不可能理解灾难

永远是局部

即使天空包含了所有的光芒与黑夜
即使我们已在人间献出了全部

区　别

局外人探进头去
是一群棋艺平凡的旁观者

黄昏的两种颜色
在不对称的时间里对视

屋顶上喧嚣的宴席
走动着醉意熏天的客人

遥远的大街上
一地落叶怀抱秋阳

语言剖开了方向
战场上升起各色的旗帜

孩子们打开黑夜
把天空与大地归类放置

名　字

是青铜器的颜色
抵御过他们的衣服

抵御一只苹果的腐烂
在牙齿的领地里

是夭折的国王
追赶天空里的椅子

是舌头上的梦想
追赶大海里的云层

是一扇墓地的窗户
挤满了渴望的眼睛

是他们落下来的声音
沾满了死亡的气息

是逃向脚趾的声音

但是没有回音

一如只有嘴巴
但是没有灯光

一如用手拽紧
一张脸的方向

拼命地抵制
向着那隐秘的地方

直至死亡占据
土地的位置

名字一串串地
爆裂开来

本命年

镜子里，坐着我们的宿命
镜子是我们的宗教

窗外，雨终于下起来了
夜里的树木齐刷刷地站起来

你却慵懒地躺着
制作自己不为人知的梦

突然间，词语开始奔跑
沿着那迷宫般神秘的年轮

疼啊，这日复一日的呼吸
这一个人歌唱的舞台

他们说，欢乐是短暂的
因此令人迷恋

他们说，身体是一道糕点

品尝是唯一的追求

可是你疼啊，一个人的山谷
没有回声的孤独

你努力向上攀爬
背负一个世界的重量

渐渐地，发黄的一页纸
写下你我无力偿还的债务

那疯狂的行走多么潦倒
容颜是终将被支付的利息

哦，本命年
多像是一道分割痛苦的墙

你我拼命地翻越
用一抹红拴住心底的希望

只有那隐喻般抵达的灯光
平静地等待着对话

玩 笑

用风景记录身体
欲望的喽罗
挥舞夜晚的支票

用歌声裁剪自己
最后的冬天
企图接近道路

拧干了水分
需要摊晒的日子
是死亡的垫脚石

接近拐角
一次事后的占卜
总结你我的一生

而休止永远是谜
吃喝玩乐的盛宴
与真理开着玩笑

生活只占据细节
来回走动的灵魂
是玩世不恭的王

命 运

水浸没历史的一刻
乡下人吹奏起婚庆的唢呐

群山环抱的日子
孩子们拼凑黑夜的翅膀

而那大地的指纹落满尘世
鸟群高举着光阴的旗帜

转瞬十年

如今空气混浊
忙乱的风翻动了命运

平滑的梦想
裁剪青春的图案

我与你天涯咫尺
熟悉的歌声恍若隔世

回忆字迹模糊

九月击打着失眠的人群

青春的记忆

转过山脚
那青春的记忆

是雨后松林的天气
渐渐飘移的云

牧羊的少年
放飞怀里的鸽子

停在身后的音乐
打开黑夜的风暴

歌声起伏
光阴的浪花绽落

翻动记忆的书包
一杯茶

戴上眼镜

逐一地审视

那青春的记忆
是游向梦乡的鱼

沙　发

这只是一种姿势
你静默的眼神

轻轻抚摸着时间
一只睡熟的猫

午后空旷的背景
喜怒哀乐的歌

逐渐珍存的词语
逐渐模糊

窗外，风吹枝叶
人群走动

阳光无所事事
天气随心所欲

终于学会了握手

与梦相拥而睡

傍晚七点一刻
孩子们开始嬉戏

你起身下楼
与一顿晚餐汇合

这只是一种姿势
占据另一种一生

秋　夜

镜子里滴落了寂寞的面孔，
夜的影子，蹑手蹑脚。

哑巴们坐在树下聆听，
屋顶的狗群，集体合上了眼睛。

灯光挥舞着手臂，
误点的火车带来诡秘的笑声。

一座空空荡荡的城，
落下无数的歌声，湿润的旋律。

梦的河流回到了人间，
孩子们像父辈一样收割着自己。

风，踩着时间冰凉的尾巴，
天气的队伍浩浩荡荡地走过。

孤　独

一滴眼泪回到青铜色的夜空
一条路，在大海里静静地生长

双目失明的冬天，读一本书
读埋藏在土地里的词语和面孔

此时，灯光抓住一只虫子
墙壁像易碎的蛋壳包裹着人生

那无处放置的疼痛越门而出
与四处游荡的风结伴寻找医生

向下生长的树，静悄悄地对话
低垂的天空怀抱着一簇紫丁香

黑色的马匹在夜里站住了脚步
母亲轻轻为你披一件御寒的外衣

画　廊

星期天。
时间巨大的影子穿过画廊。

我们坐在铁制的椅子上，
被一阵目光包围。

陌生人挤进这间屋子。
一小块风景，远离了自己的祖国。

哦，母亲。
记忆是用线串起的水珠。

没有港湾的画停靠在墙壁上，
没有笔墨的人生正在被收藏。

灰蓝色的眼睛。毫不相关的音乐。
一瓶伏特加绕过时间搂住了我们的脖子。

结束了。无处搁置的话语。

来回走动的情绪轻轻关上了门。

你看到，身后有几缕轻烟，
蹑手蹑脚的时间像一只狐狸。

在回家的路上小心翼翼地倒车。
一只乌龟小心翼翼地成长。

哦，离别是一次失重的眩晕。
生活，多么像一只漂浮在空中的鞋啊！

沙尘暴

阿富汗，一面没有光泽的镜子。
阴沉的树木站在街边。忍耐的限度！

人群像岸上的鱼。
时间的响尾蛇消失在房屋背后。

远处，乌鸦衔来野心家的讯息。
你看见灰头土脸的天空挤进慌乱的车站！

九月的城

九月，搬运天空的人坐在透明的墙上
时间在一座臃肿的公园里打哈欠
艺术家伸直了身子，数口袋里的铜钱

九月，穷得叮当响的九月
黑瘦的松树林长着奇特的鼻子
旗帜和他暧昧的情人在空中跳起舞蹈

而浮云没有鞋子，广场像一个玩具
剧院是乞丐的金盆等待着一次施舍
穿婚纱的少女把自己存进一张照片里

疾驶而过的汽车掀动了语言的波浪
一扇门，释放出气球般的人群
道路像欲望流淌的河拼命地奔跑

与高度和解的房子，举起了我们的孩子
一只鸟飞过无人注视的天空
街边的雕塑在内心敲击着太阳的手鼓

哦，九月的城市，秋天默默地睁着眼睛
靠住了午餐的思想，忽明忽暗
走出家门的人从骨头里榨出了怯懦的渴望

夜 行

寒潮来临的夜
是门前的一块黑色巨石

夜里的鸟群
停歇在静寂的时间里

有人在歌唱
像一丝风掀动世界的衣襟

走进院落的星光
投递着远方的讯息

我独自一人
握住自己的名字

仿佛即将远行的人
尽力储备着一些灵魂

用深入粮食的舌头

在思想的漩涡里打转

守住空荡荡的屋子
与一首诗歌长久地对视

车 站

太阳停在那里
太阳是我们的客人

黄昏时分走来一阵微风
他们在那里交谈，隐隐约约

你是一个多么幸运的孩子
曾经在那里逗留过片刻

在黑夜来临之前
懂得了带着梦想回家

醒

三更雨，大地。
夜里的流浪汉辗转难眠。

他想抓住一滴声响，
放进灵魂干渴的嘴里。

他打开一扇门，
静哑的对话者悄无声息。

道路，孤寂而遥远。
梦想有着一副同样的面孔。

而万物依旧沉睡，
各怀心事。

流浪汉，辗转反侧。
他想起自己死后的财富。

想起一双鞋，

丢弃在人间的雨水里。

仿佛大地燃烧之后，
残留下一丝遗迹。

三更雨，迅疾。
像一阵阵警笛拉过。

雨

后半夜，雨下得真大，
湿淋淋的城市心思凌乱。

你起身，不说话
抬头看着屋檐下的欲望。

灯光掀起夜的一角衣襟，
一丝凉意，穿透了梦。

那些相拥而睡的人们，
幸福小心翼翼地翻动着身子。

雨下得真大！
寂寞的窗忍受截然不同的煎熬。

你不说话，
坐在诗歌的床上。

一些词语慢慢发酵，

一些词语不知下落。

一墙之隔，鼾声四起，
漠不关心的距离遥不可及。

你不说话，
身体里山谷般回响着声音：

生活是无辜的，
生活是舍弃了粮食的信仰。

那些情绪低落的鸽子，
那些慢慢枯萎的名字。

你不说话，
身体像火焰渐渐熄灭。

屋外，这雨下得真大！
仿佛夜的梵语，单调而神秘。

对　话

清晨，我听到雨水与树木对话
仿佛夜间的行人长途归来

回收被遗忘的约定
一些深藏的寂寞与渴望

敲击着十月的屋顶
我们，保持这样静默的姿势

保持一顿早餐的思想与热度
聆听另一个世界的语言

聆听一只鹰来回走动
猝不及防，从时间光滑的表面

跌落！一地凌乱的词语
寻找瞬间被堵塞的呼吸与疼痛

哦，多想把梦搂在怀里！

我的不知名的亲人们，起身

在清晨，与时间握手
拨动孤独而温暖的火苗

看到残余的人生在天气里打转
看到树木保持住对话，静默

仿佛过度倾述的人
聆听，雨水的声音在耳畔响起

选 择

夜里，大雪的讯息传来
缩起身子的道路注视着远方
熟睡的人群是沉默的羔羊

从寒冷而忧惧的内心里
岩石般的眼眸与寂寞陷落
空旷的荒野被三棵白杨树命名

而村庄保持住忍耐
用一粒存储的麦子低声歌唱
瘦骨嶙峋的河流缓缓移动

那些梦的信徒坐在太阳的背后
那些幼小的天使编织着翅膀
马匹与狗群轻轻踩住大地的疼痛

这是需要抉择的时刻
是死亡拨动三弦琴弦的前奏
是灵魂叩响门扉的瞬间

此时，夜风的队伍浩浩荡荡
我将像被遗忘的树木独自生活
像独臂的人，喝着酒等待

等待一次无语相拥的对视
或是来生来世，风吹月寂
用存储的孤独燃起篝火

没有哭泣，也没有歌声
就像那些在夜里祭祀的后人
只用思想的金钵盛装词语的荣耀

七月·意象

在路边，盛开着一些紫色的丁香
宛如琐碎的梦悬浮在半空里

少女的短裙，越过了一层层目光
空虚的影子凌乱地挤压在一起

玻璃上拽紧的拳头发出尖声的叫喊
城市的味道，从雕塑的背后缓缓升起

西装革履的下午散发出霉烂的光亮
太阳的器皿吮吸着大地的热度

一个人，慢慢地消失在远处的拐角
背包里搁置着几份空洞的简历

心事重重的街道上时间随意地流淌
生活，有着一点一点被蒸发的记忆

艺　术

灯
吃樱桃的人

床
最后的花朵

椅子
你与我的影子

刀
一次失声的尖叫

天空
一只眼的巨人

弧线
黑色占据的美

书

试图攥紧的拳头

粮食
形而下的胖子

上，抑或下

时间之上
人们的名字

圆形的剧院
透明的墙

黑色的树木
晃动梦想

红色的歌谣
装饰下半夜

我们逐渐沉默
躺在骨头之上

天气突然跌落
压在石头之下

生活伸长了脖子

窥探你我的秘密

艺术的舌头打结
面红耳赤地发言

轻轻移动的夜
思想漂浮的海

死亡之下
不朽的灵魂

壳

从宇宙的瞳孔里
孩子们慢慢爬出来

夜的笑声
浸泡三棵白桦树

岸上歌声嘹亮
众神的面具

风冷飕飕地吹过
虫草静寂

时间搭起的积木
生活一地残骸

冬天的秘密
诗人们煅造火焰

一双鞋

思想开始发芽

手脚并用的生活
词语捆绑爱情

梦蜷在你的壳里
在海面上起起伏伏

声 音

你好，你好
种粮食的手
白米饭的歌谣

你好，你好
坚硬的骨头
水流过荒地

谁，是谁？
是谁在夜里行走？

你好，你好
时间的枝头
一张憧憬的脸

你好，你好
咀嚼的嘴巴
开启天穹的门

说话，说一句话
我们是谁的孩子？

你好，你好
干涸的大地
吹过火热的风

你好，你好
空荡荡的夜晚
光秃秃的梦

是谁，谁在哭
是谁的灵魂难眠？

你好，你好
丰收的村庄
秋雨滂沱

你好，你好
一轮红太阳
母亲看着你长大

说话哦，说话

我们将如何继续？

酒

哦，我的穷哥哥
我要去你月光的部落

我要去赊购美酒与诗歌
我要去赊购后半生的骨头

哦，我的穷哥哥
我要一辆夜马车

搭载你的傲慢与孤独
搭载那些叮当作响的灵魂

哦，我的夜马车
你为什么还在黑夜里停留？

我要去寻找那月影与花香
我要去寻找那银河的飞流

哦，我的穷哥哥

我要去你月光的部落

我要去打捞你的破皮靴
我要去打捞你的金酒杯

哦，我的穷哥哥
我们只是没有钱

我们只有美酒千壶相陪
我们只有轻舟一叶作伴

哦，那奔流的江河水啊
请你在光阴里为我们歌唱

哦，我的穷哥哥
我要去你月光的部落

我要去赊购来世的荣耀
我要去赊购今生的欢乐

哦，我的穷哥哥
我要去与你日夜畅饮

哦，我的穷哥哥

我们将怎样地醉生梦死啊

我的穷哥哥哦

我们喝着酒死去

我的穷哥哥

我们吟着诗复活

城市话题

一

清晨时分
城市骨骼冰冷站在风中
街灯望不到这头也望不到那头
肩挨肩的广告牌滑稽地伸着脑袋
路边睡着的乞丐忘却了自己的母亲
清洁工人沉默着劳动
看门老人守护着自己的部族
他们的固执是一些微不足道的财富
这座臃肿的城市，就要挪动自己

这是清晨时分
人们像一只只虫子爬过了黑夜
漂亮的印花窗帘虚假地遮挡时间
偶尔有声音传来
脚步声、说话声、迟到的打鼾声
尖叫的班车像一枚子弹

击中我们渺小而混乱的梦想
混乱，属于整座城市

二

空气中散布着大片大片的混乱
太阳是一张缺乏睡眠的脸
鸟群路过这里，看见烟囱在哮喘
看到深谷般的街道里
某家公司正求开张吉利
而吹奏音乐的人表情奇特
西装革履的男子把自己扮成广告
然后踌躇满志地奔赴婚姻
一群又一群人走在别人的路上
有人走出地下街口，迷失了方向

一些小把戏开始在街头出没
就像受骗者荒唐的幻想
意外地产生又一律地破灭
小摊贩像潮水一样开始涌现
人海中他们成为虚假的繁华
而拾破烂的老头像一个诗人
注视着自己的苦难

大街上，放肆的招揽声此起彼落
我感到金钱一阵阵紧张

饭馆喧闹的角落
是一些绝望的鱼类
关于客人，服装成为深奥的标志
贵宾的轿车驶过平民的街道
惊起几片语言和莫名的情绪
一则谎言赤裸裸地贴在天桥栏杆上
刺痛行人的视野
梦在这里碰撞，发出刺耳的声音
有人倒了，有人还在继续

三

这座臃肿的城市，正在挪动着自己
的士以百米冲刺的速度奔跑
法律的准绳急匆匆地拉过
在他们的对面
杞人们走在大街上忧天
学者们若无其事地读书
对过往的兴趣胜过了未来

你无法判断谁活得更有意义

有人在胡思乱想

有人抱着爱情的腿入睡

有人吸着烟头窥视

有人接受荣誉

然后裁成外衣去参加宴席

这是何其接近伟大的瞬间

另一些人，在黑暗中守株待兔

病人同志们

你们在大街上奔跑

然后被送进医院

几束花被送到了床头

然后又无声无息地枯萎

疼痛的阑尾使你们心怀忧惧

犹如一种梦想回到从前的表达

你需要流泪，或者不再流泪

四

有人锁上门走了，没再回来

鲜花在屋子里舞蹈

爱情在公园里展览

关于喝酒的强盗或者百姓

几页空洞的白纸以及失重的语言

市长大人对他们充满了鄙夷

傍晚走进一条憔悴的巷子

后面跟着一位疲惫的思想家

在城市的夜里

孩子偷偷拔下一朵花

种在了黑暗里

他们没有见过种子

这是多么可怕的缺陷

多么无辜！许多年以后

老板们卖掉了自己的灵魂

孩子拾到两角钱，把它交给了自己

有人要出城走走

带着欣喜的女儿

一群羊缓缓走向城市

无数的器具等待着它们

此时此刻，夜色像海水淹没了城市

无人的海，也没有彼岸

我们是时间喂养的孤儿

有谁能告诉我

这座城市的图腾是什么？

为着继续（后记）

感谢我的父母和家人，他们的宽容和支持是我热爱诗歌并尝试写作的前提；感谢所有熟识并始终关爱着我的朋友，他们的认可与鼓励同样是我能够依据自己的方式生活的基石。

我愿意相信，在任何时候，喜爱诗歌的人总是多数。但是，喜爱诗歌和写作诗歌是两回事。诗歌是精神的产品，而在一个物质过度丰富的时代，真正的诗歌写作多少是窘迫的。稍有懈怠，人们将无力、无暇或无意去执著于物质世界背后的感受与渴望。因而，对于如今的众多爱好者而言，诗歌可能犹如华丽的外衣，其作用只限于缀饰生活的愉悦和情趣，其目的多在于博取他人的艳羡与青睐。

的确，在今天，诗人更像是一种虚假的荣誉，是消费市场上一枚痛苦的标签，情感世界里一枚贬值的铜钱。我宁愿认为，这并非谁的过错，亦非谁的悲哀。但这确实对诗歌和诗人提出了挑战。一个真正的诗人，需要在近乎上帝的孤独里，用思想和激情抽打自己，用虔诚和反省磨砺自己。是的，诗歌是思想与激情的结晶，是形而上。选择诗歌写作，除却勇气，还需要持久的忍耐。

希望读者不至于认为这是一种自以为是的标榜。事实上，和你们中的绝大多数一样，我仍旧是一个诗歌的孩子，那些写作中的稚幼或偏执随处可见。但我们的爱是一样的。许久以来，我的写作多少处于一种隐秘状态，那是说，我一直在文学里，但始终不在文学圈里。诗歌写作于我是个人的秘密，这秘密使我幸福，就像是爱着一个人，古老、经典的东方式爱情：含蓄、深情，无须与别人比肩，无须向世人炫耀，那份甜蜜或痛苦，只在自己的内心。

我想我是固执的，一天一天，只想做好自己，一年一年，坚持有一点梦想。我梦想，经年之后，当激情消退，生命老去，当人们将我怀想或忘却，唯有诗歌，深入我的灵魂，与我对白、相互理解与铭记。于是，我便得着了快乐，收获了意义；于是，我便满足于活在这平凡的世间，以短暂的一生，体悟追求的无限乐趣。

我理想中完美的诗篇，应当具备含蓄而明确的诗意、贴切而新奇的想象、凝炼而富有节韵的语言。于我而言，这条路还很长，然而，我想这并不令人沮丧。

为着此生的短暂，让我们多一点梦想的自由和寂寞的坚持；为着此生活过与爱过，让我们热爱诗歌吧！

我将继续，一个人或者更多！

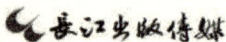

图书在版编目（ＣＩＰ）数据

面对 / 火丁著. -- 武汉：长江文艺出版社，
2016.8

ISBN 978-7-5354-8867-1

Ⅰ. ①面… Ⅱ. ①火… Ⅲ. ①诗集－中国－当代
Ⅳ. ①I227

中国版本图书馆 CIP 数据核字(2016)第 126490 号

责任编辑：谈　骁　　　　　　　　责任校对：陈　琪
封面设计：童　霁　　　　　　　　责任印制：左　怡　包秀洋

出版：　长江出版传媒　　长江文艺出版社

地址：武汉市雄楚大街 268 号　　　邮编：430070
发行：长江文艺出版社
电话：027—87679360
http://www.cjlap.com
印刷：首壹印务有限公司

开本：880 毫米×1230 毫米　　1/32　印张：6.25　插页：2 页
版次：2016 年 8 月第 1 版　　　　2016 年 8 月第 1 次印刷
行数：3600 行

定价：32.00 元